KB073251

열두 개의 달 시화집
十月.
달은 내려와 꿈꾸고 있네

열두 개의 달 시화집
十月.

달은 내려와 꿈꾸고 있네

윤동주 외 지음
빈센트 반 고흐 그림

저녁달
고양이

■ 일러두기
시인 고유의 필치(筆致)를 살리기 위해 일부 시의 표기와 맞춤법은 되도록 초판본을 따랐습니다.

시월에
아! 잘게 썰은 보리수나무 같구나
꺾어 버린 뒤에 (나무를)
지니실 한 분이 없으시도다.

_고려가요 '동동' 중 十月

차
례

별 헤는 밤

윤동주

계절이 지나가는 하늘에는
가을로 가득 차 있습니다.

나는 아무 걱정도 없이
가을 속의 별들을 다 헬 듯합니다.

가슴 속에 하나 둘 새겨지는 별을
이제 다 못 헤는 것은
쉬이 아침이 오는 까닭이요
내일 밤이 남은 까닭이요
아직 나의 청춘이 다 하지 않은 까닭입니다.

별 하나에 추억과
별 하나에 사랑과
별 하나에 쓸쓸함과
별 하나에 동경과
별 하나에 시와
별 하나에 어머니, 어머니,

어머님, 나는 별 하나에 아름다운 말 한마디씩 불러 봅니다. 소학교 때 책상을 같이 했던 아이들의 이름과 패, 경, 옥, 이런 이국 소녀들의 이름과, 벌써 아기 어머니된 계집애들의 이름과, 가난한 이웃 사람들의 이름과, 비둘기, 강아지, 토끼, 노새, 노루, '프랑시스 잠', '라이너 마리아 릴케'이런 시인의 이름을 불러 봅니다.

이네들은 너무나 멀리 있습니다.
별이 아스라이 멀 듯이.

어머님,
그리고 당신은 멀리 북간도에 계십니다.

나는 무엇인지 그리워
이 많은 별빛이 내린 언덕 위에
내 이름자를 써 보고
흙으로 덮어 버리었습니다.

딴은 밤을 새워 우는 벌레는
부끄러운 이름을 슬퍼하는 까닭입니다.

그러나 겨울이 지나고 나의 별에도 봄이 오면
무덤 위에 파란 잔디가 피어나듯이
내 이름자 묻힌 언덕 우에도
자랑처럼 풀이 무성할거외다.

자화상

윤동주

산모퉁이를 돌아 논 가 외딴 우물을 홀로 찾아가선 가만히
들여다 봅니다.

우물 속에는 달이 밝고 구름이 흐르고 하늘이 펼치고
파아란 바람이 불고 가을이 있습니다.

그리고 한 사나이가 있습니다.
어쩐지 그 사나이가 미워져 돌아갑니다.

돌아가다 생각하니 그 사나이가 가엾어집니다.
도로 가 들여다보니 사나이는 그대로 있습니다.

다시 그 사나이가 미워져 돌아갑니다.
돌아가다 생각하니 그 사나이가 그리워집니다.

우물 속에는 달이 밝고 구름이 흐르고 하늘이 펼치고
파아란 바람이 불고 가을이 있고 추억처럼 사나이가 있습니다

쓸쓸한 길

백석

거적장사 하나 산 뒷녚 비탈을 오른다
아— 따르는 사람도 없이 쓸쓸한 쓸쓸한 길이다
산가마귀만 울며 날고
도적갠가 개 하나 어정어정 따러간다
이스라치전이 드나 머루전이 드나
수리취 땅버들의 하이얀 복이 서러웁다
뚜물같이 흐린 날 동풍이 설렌다

추야일경(秋夜一景)

백석

닭이 두 홰나 울었는데
안방 큰방은 홰즛하니 당등을 하고
인간들은 모두 웅성웅성 깨여 있어서들
오가리며 석박디를 썰고
생강에 파에 청각에 마눌을 다지고

시래기를 삶는 훈훈한 방안에는
양염 내음새가 싱싱도 하다

밖에는 어데서 물새가 우는데
토방에선 햇콩두부가 고요히 숨이 들어갔다

늙은 갈대의 독백

해가 진다
갈새는 얼마 아니하야 잠이 든다
물닭도 쉬이 어느 낯설은 논드렁에서 돌아온다
바람이 마을을 오면 그때 우리는 설게 늙음의 이야기를 편다

보름밤이면
갈거이와 함께 이 언덕에서 달보기를 한다
강물과 같이 세월의 노래를 부른다
새우들이 마른 잎새에 올라앉는 이때가 나는 좋다

어느 처녀가 내 잎을 따 갈부던을 결었노
어느 동자가 내 잎을 따 갈나발을 불었노
어느 기러기 내 순한 대를 입에다 물고 갔노
아, 어느 태공망(太公望)이 내 젊음을 낚어 갔노

이 몸의 매딥매딥
잃어진 사랑의 허물자국
별 많은 어느 밤 강을 날여간 강다릿배의 갈대 피리
비오는 어느 아침 나룻배 나린 길손의 갈대 지팽이
모두 내 사랑이었다

해오라비조는 곁에서
물뱀의 새끼를 업고 나는 꿈을 꾸었다
벼름질로 돌아오는 낫이 나를 다리려 왔다
달구지 타고 산골로 삿자리의 벼슬을 갔다

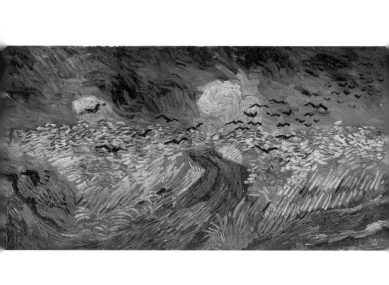

내 옛날 온 꿈이

김영랑

내 옛날 온 꿈이 모조리 실리어 간
하늘가 닿는 데 기쁨이 사신가

고요히 사라지는 구름을 바래자
헛되나 마음 가는 그곳뿐이라

눈물을 삼키며 기쁨을 찾노란다
허공은 저리도 한없이 푸르름을

엎디어 눈물로 땅 우에 새기자
하늘가 닿는 데 기쁨이 사신다

그가 한 마디
내가 한 마디
가을은 깊어 가고

彼一語我一語秋深みかも

다카하마 교시

목마와 숙녀

한 잔의 술을 마시고
우리는 버지니아 울프의 생애와
목마를 타고 떠난 숙녀의 옷자락을 이야기한다
목마는 주인을 버리고 거저 방울 소리만 울리며
가을 속으로 떠났다 술병에서 별이 떨어진다
상심한 별은 내 가슴에 가벼웁게 부서진다
그러한 잠시 내가 알던 소녀는
정원의 초목 옆에서 자라고
문학이 죽고 인생이 죽고
사랑의 진리마저 애증의 그림자를 버릴 때
목마를 탄 사랑의 사람은 보이지 않는다
세월은 가고 오는 것
한때는 고립을 피하여 시들어가고
이제 우리는 작별하여야 한다
술병이 바람에 쓰러지는 소리를 들으며
늙은 여류작가의 눈을 바라다보아야 한다

……등대에……
불이 보이지 않아도
거저 간직한 페시미즘의 미래를 위하여
우리는 처량한 목마 소리를 기억하여야 한다
모든 것이 떠나든 죽든
거저 가슴에 남은 희미한 의식을 붙잡고
우리는 버지니아 울프의 서러운 이야기를 들어야 한다
두 개의 바위 틈을 지나 청춘을 찾은 뱀과 같이
눈을 뜨고 한 잔의 술을 마셔야 한다.
인생은 외롭지도 않고
거저 잡지의 표지처럼 통속하거늘
한탄할 그 무엇이 무서워서 우리는 떠나는 것일까
목마는 하늘에 있고
방울 소리는 귓전에 철렁거리는데
가을 바람소리는
내 쓰러진 술병 속에서 목 메어 우는데

달밤— 도회(都會)

이상화

먼지투성이인 지붕 위로
달이 머리를 쳐들고 서네.

떡잎이 터진 거리의 포플라가 실바람에 불려
사람에게 놀란 도적이 손에 쥔 돈을 놓아버리듯
하늘을 우러러 은 쪽을 던지며 떨고 있다.

풋솜에나 비길 얇은 구름이
달에게로 날아만 들어
바다 위에 섰는 듯 보는 눈이 어지럽다.

사람은 온몸에 달빛을 입은 줄도 모르는가.
둘씩 셋씩 짝을 지어 예사롭게 지껄이다.
아니다, 웃을 때는 그들의 입에 달빛이 있다.
달 이야긴가 보다.

아, 하다못해 오늘 밤만 등불을 꺼 버리자.
촌각시같이 방구석에서, 추녀 밑에서
달을 보고 얼굴을 붉힌 등불을 보려무나.

거리 뒷간 유리창에도
달은 내려와 꿈꾸고 있네.

절망(絶望)

백석

북관(北關)에 계집은 튼튼하다
북관(北關)에 계집은 아름답다
아름답고 튼튼한 계집은 있어서
흰 저고리에 붉은 길동을 달어
검정치마에 받쳐입은 것은
나의 꼭 하나 즐거운 꿈이였드니
어늬 아츰 계집은
머리에 무거운 동이를 이고
손에 어린것의 손을 끌고
가퍼러운 언덕길을
숨이 차서 올라갔다
나는 한종일 서러웠다

달밤

윤동주

흐르는 달의 흰 물결을 밀처
여윈 나무그림자를 밟으며
북망산(北邙山)을 향(向)한 발걸음은 무거웁고
고독을 반려(伴侶)한 마음은 슬프기도 하다.

누가 있어만 싶은 묘지(墓地)엔 아무도 없고
정적(靜寂)만이 군데군데 흰 물결에 폭 젖었다.

달밤이여
돌 위에 나가 우는 귀뚜라미

月の夜や石に出で鳴なくきりぎりす

가가노 지요니

비

정지용

돌에
그늘이 차고,

따로 몰리는
소소리 바람.

앞서거니 하여
꼬리 치날리어 세우고,

종종 다리 까칠한
산(山)새 걸음걸이.

여울 지어
수척한 흰 물살,

갈갈이
손가락 펴고.

멎은 듯
새삼 돋는 빗낱

붉은 잎 잎
소란히 밟고 간다.

낮의 소란 소리

김영랑

거나한 낮의 소란 소리 풍겼는듸
금시 퇴락하는 양
묵은 벽지의 내음 그윽하고
저쯤 예사 걸려 있을 희멀끔한 달
한 자락 펴진 구름도 못 말아 놓는 바람이어니
묵근히 옮겨 딛는 밤의 검은 발짓만
고뇌인 넋을 짓밟누나
아! 몇 날을 더 몇 날을
뛰어 본 다리 날아 본 다리
허전한 풍경을 안고 고요히 선다

쓸쓸한 시절

들이든 뫼이든 숲이든
모두 파리해 있다.

언덕 위에 오뚝이 서서
개가 짖는다.
날카롭게 짖는다.

비 — ㄴ 들에
마른 잎 태우는 연기
가늘게 가늘게 떠오른다.

그대여
우리들 머리 숙이고
고요히 생각할 그때가 왔다.

어머님

장정심

오늘 어머님을 뵈오라 갈 수가 있다면
붉은 카네숀 꽃을 한아름 안고 가서
옛날에 불러주시든 그 자장가를
또다시 듣고 오고 싶습니다

누구라 어머님의 사랑을 설명하라 한다면
나의 평생의 처음 사랑이오
또한 나의 후생에도 영원할 사랑이라고
큰 소리로 외쳐 대답해주겠습니다

누구라 어머님의 성격을 말하라 하면
착하신 그 마음 원수라도 용서해주시고
진실하신 그 입엔 허탄한 말슴도 없었고
아름다온 그 표정 평화스러우시다 하겠읍니다

님의 간절하시든 정성의 기도
님의 은근하시든 교훈의 말슴
마음끝 님을 예찬하려 하오나
혀끝과 붓끝이 무디여 유감입니다

둘이서 함께
바라보고 또 바라보던
가을 보름달
혼자 바라보게 될
그것이 슬퍼라

もろともに眺め眺めて秋の月
ひとりにならんことぞ悲しき

사이교

밤

윤동주

외양간 당나귀
아—ㅇ 외마디 울음 울고

당나귀 소리에
으—아 아 애기 소스라쳐 깨고,

등잔에 불을 다오.

아버지는 당나귀에게
짚을 한 키 담아 주고,

어머니는 애기에게
젖을 한 모금 먹이고,

밤은 다시 고요히 잠드오.

고목 가지 끝에서는
있는 듯 없는 듯
호수의 물소리.

枯木(こがらし)の果てはありげり海の音

이케니시 곤스이

가을

라이너 마리아 릴케

잎들이 떨어집니다. 먼 곳에서 잎들이 떨어집니다.
저 먼 하늘의 정원이 시들어버린 듯
부정하는 몸짓으로 잎들이 떨어집니다.

그리고 오늘밤 무거운 지구가 떨어집니다.
다른 별들에서 떨어져 홀로 외롭게.

우리들 모두가 떨어집니다. 이 손이 떨어집니다.
그리고 보세요 다른 것들을, 모두가 떨어집니다.

그러나 저기 누군가가 있어,
그의 두 손으로
한없이 부드럽게 떨어지는 것들을 받아주고 있습니다.

Herbst

Rainer Maria Rilke

Die Blätter fallen, fallen wie von weit,
als welkten in den Himmeln ferne Gärten;
sie fallen mit verneinender Gebärde.

Und in den Nächten fällt die schwere Erde
aus allen Sternen in die Einsamkeit.

Wir alle fallen. Diese Hand da fällt.
Und sieh dir andre an: es ist in allen.

Und doch ist Einer, welcher dieses Fallen
unendlich sanft in seinen Händen hält.

청시(靑枾)

백석

별 많은 밤
하누바람이 불어서
푸른 감이 떨어진다 개가 짖는다

수라(修羅)

백석

거미새끼 하나 방바닥에 나린 것을 나는 아모 생각 없이
문밖으로 쓸어버린다
차디찬 밤이다

언제인가 새끼거미 쓸려나간 곳에 큰거미가 왔다
나는 가슴이 짜릿한다
나는 또 큰거미를 쓸어 문밖으로 버리며
찬 밖이라도 새끼 있는 데로 가라고 하며 서러워한다

이렇게 해서 아린 가슴이 싹기도 전이다
어데서 좁쌀알만한 알에서 가제 깨인 듯한 발이 채 서지도
못한 무척 적은 새끼거미가 이번엔 큰거미 없어진 곳으로
와서 아물거린다
나는 가슴이 메이는 듯하다
내 손에 오르기라도 하라고 나는 손을 내어미나 분명히
울고불고 할 이 작은 것은 나를 무서우이 달아나버리며
나를 서럽게 한다
나는 이 작은 것을 고이 보드러운 종이에 받어 또 문밖으로
버리며 이것의 엄미와 누나나 형이 가까이 이것의 걱정을
하며 있다가 쉬이 만나기나 했으면 좋으련만 하고 슬퍼한다

나는 네 것 아니라

나는 네 것 아니라 네 가운데 안 사라졌다
안 사라졌다 나는 참말 바라지마는
한낮에 켜진 촛불이 사라짐같이
바닷물에 듣는 눈발이 사라짐같이

나는 너를 사랑는다, 내 눈에는 네가 아직
아름답고 빛나는 사람으로 비친다
너의 아름답고 빛남이 보인다

그러나 나는 나, 마음은 바라지마는 —
빗속에 사라지는 빛같이 사라지기.

오 나를 깊은 사랑 속에 내어 던지라
나의 감각을 뽑아 귀 어둡고 눈 멀게 하여라
너의 사랑이 폭풍우에 휩쓸리어
몰리는 바람 앞에 가느단 촛불같이.

토요일

윤곤강

월(月)
화(火)
수(水)
목(木)
금(金)
토(土)
— 이렇게 일자(日字)가 지나가고,

또다시 오늘은 토요(土曜)

일월(日月)의 길다란 선로(線路)를
말없이 달아나는 기차… 나의 생활아

구둣발에 채인 돌멩이처럼
얼어붙은 운명을 울기만 하려느냐

二十四日

비에 젖은 마음

불도 없는 방안에 쓰러지며
내쉬는 한숨 따라 「아 어머니 !」 섞이는 말
모진 듯 참아오던 그의 모든 서러움이
공교로운 고임새의 무너져나림같이
이 한 말을 따라 한번에 쏟아진다

많은 구박 가운데로 허위어다니다가
헌솜같이 지친 몸은 일어날 기운 잃고
그의 맘은 어두움에 가득 차서 있다
쉬일 줄 모르고 찬비 자꾸 나리는 밤
사람 기척도 없는 싸늘한 방에서

뜻없이 소리내인 이 한 말에 마음 풀려
짓궂은 마을애들에게 부대끼우다
엄마 옷자락에 매달려 우는 애같이
그는 달래어주시는 손 이마 우에 느껴가며
모든 괴롬 울어 잊으련 듯 마음놓아 울고 있다

낙엽

윤곤강

소리도 자취도 없이
내 외롭고 싸늘한 마음속으로
밤마다 찾아와서는
조용하고 얌전한 목소리로
기다림에 지친 나의 창을
은근히 두드리는 소리

깨끗한 시악씨의 거룩한 그림자야!
조심스러운 너의 발자국소리
사뿐사뿐 디디며 밟는 자국

아아, 얼마나 정다운 소리뇨
온갖 값진 보배 구슬이
지금 너의 맨발 길을 따라
허깨비처럼 내게로 다가오도다

시악씨야! 그대 어깨 위에
내 마음을 축여 주는
입맞춤을 가져간다 하더라도
그대 가벼운 몸짓을 지우지 말라

있는 듯 만 듯한 동안의 이 즐거움
너를 기다리는 안타까운 동안
너의 발자국소리가 내 마음이여라

당신의 소년은

설룽한 마음 어느 구석엔가
숱한 별들 떨어지고
쏟아져내리는 빗소리에 포옥 잠겨 있는
당신의 소년은

아득히 당신을 그리면서
개울창에 버리고 온 것은
갈가리 찢어진 우산
나의 슬픔이 아니었습니다

당신께로의 불길이
나를 싸고 타올라도
나의 길은
캄캄한 채로 닫힌 쌍바라지에 이르러
언제나 그림자도 없이 끝나고

얼마나 많은 밤이 당신과 나 사이에
테로스의 바다처럼
엄숙히 놓여져 있습니까
당신은 당신의 슬픔에서만 나를 찾았고
나는 나의 슬픔을 통해 당신을 만났을 뿐입니까

어느 다음날
수풀을 헤치고 와야 할 당신의 옷자락이
휘얼 휠 앞을 흐리게 합니다
어디서 당신은 이처럼 소년을 부르십니까

내 탓

장정심

친구를 안다 함은 얼굴만 안 것이지
맘이야 누가 알까 짐작도 못 하렸다
오늘에 맘 아파함은 내 탓인가 하노라

황홀한 달빛

김영랑

황홀한 달빛
바다는 은(銀)장
천지는 꿈인 양
이리 고요하다

부르면 내려올 듯
정든 달은
맑고 은은한 노래
울려날 듯

저 은장 위에
떨어진단들
달이야 설마
깨어질라고

떨어져 보라
저 달 어서 떨어져라
그 혼란스럽
아름다운 천둥 지둥

후젓한 삼경
산 위에 홀히
꿈꾸는 바다
깨울 수 없다

이 길,
지나가는 이도 없이
저무는 가을.

この道や行く人なしに秋の暮

마쓰오 바쇼

달을 쏘다

윤동주

번거롭던 사위(四圍)가 잠잠해지고 시계 소리가 또렷하나 보니 밤은 저윽이 깊을 대로 깊은 모양이다. 보던 책자를 책상 머리에 밀어놓고 잠자리를 수습한 다음 잠옷을 걸치는 것이다. 「딱」 스위치 소리와 함께 전등을 끄고 창녘의 침대에 드러누우니 이때까지 밝은 휘양찬 달 밤이었던 것을 감각치 못하였었다. 이것도 밝은 전등의 혜택이었을까.

나의 누추한 방이 달빛에 잠겨 아름다운 그림이 된다는 것보담도 오히려 슬픈 선창(船艙)이 되는 것이다. 창살이 이마로부터 콧마루, 입술, 이렇게 하얀 가슴에 여맨 손등에까지 어른거려 나의 마음을 간지르는 것이다. 옆에 누운 분의 숨소리에 방은 무시무시해진다. 아이처럼 황황해지는 가슴에 눈을 치떠서 밖을 내다보니 가을 하늘은 역시 맑고 우거진 송림은 한 폭의 묵화다.
달빛은 솔가지에 쏟아져 바람인 양 솨— 소리가 날 듯하다. 들리는 것은 시계 소리와 숨소리와 귀또리 울음뿐 벅쩍대던 기숙사도 절간보다 더 한층 고요한 것이 아니냐?

나는 깊은 사념에 잠기우기 한창이다. 딴은 사랑스런 아가씨를 사유(私有)할 수 있는 아름다운 상화(想華)도 좋고, 어릴 적 미련을 두고 온 고향에의 향수도 좋거니와 그보담 손쉽게 표현 못할 심각한 그 무엇이 있다.

바다를 건너 온 H 군의 편지 사연을 곰곰 생각할수록 사람과 사람 사이의 감정이란 미묘한 것이다. 감상적인 그에게도 필연코 가을은 왔나 보다.
편지는 너무나 지나치지 않았던가, 그중 한 토막,
「군아, 나는 지금 울며울며 이 글을 쓴다. 이 밤도 달이 뜨고, 바람이 불고, 인간인 까닭에 가을이란 흙냄새도 안다. 정의 눈물, 따뜻한 예술학도였던 정의 눈물도 이 밤이 마지막이다.」
또 마지막 켠으로 이런 구절이 있다.
「당신은 나를 영원히 쫓아 버리는 것이 정직할 것이오.」
나는 이 글의 뉘앙스를 해득할 수 있다.

그러나 사실 나는 그에게 아픈 소리 한 마디 한 일이 없고 서러운 글 한 쪽 보낸 일이 없지 아니한가. 생각컨대 이 죄는 다만 가을에게 지워 보낼 수밖에 없다.

홍안서생(紅顏書生)으로 이런 단안을 내리는 것은 외람한 일이나 동무란 한낱 괴로운 존재요, 우정이란 진정코 위태로운 잔에 떠 놓은 물이다. 이 말을 반대할 자 누구랴. 그러나 지기(知己) 하나 얻기 힘든다 하거늘 알뜰한 동무 하나 잃어버린다는 것이 살을 베어 내는 아픔이다.

나는 나를 정원에서 발견하고 창을 넘어 나왔다든가 방문을 열고 나왔다든가 왜 나왔느냐 하는 어리석은 생각에 두뇌를 괴롭게 할 필요는 없는 것이다. 다만 귀뚜라미 울음에도 수줍어지는 코스모스 앞에 그윽이 서서 닥터 빌링스의 동상 그림자처럼 슬퍼지면 그만이다.
나는 이 마음을 아무에게나 전가시킬 심보는 없다. 옷깃은 민감이어서 달빛에도 싸늘히 추워지고 가을 이슬이란 선득선득하여서 설운 사나이의 눈물인 것이다.

발걸음은 몸뚱이를 옮겨 못가에 세워 줄 때 못 속에도 역시 가을이 있고, 삼경(三更)이 있고, 나무가 있고, 달이 있다.

그 찰나, 가을이 원망스럽고 달이 미워진다. 더듬어 돌을 찾아 달을 향하여 죽어라고 팔매질을 하였다. 통쾌! 달은 산산이 부서지고 말았다. 그러나 놀랐던 물결이 잦아들 때 오래잖아 달은 노로 살아난 것이 아니냐, 문득 하늘을 쳐다보니 얄미운 달은 머리 위에서 빈정대는 것을…

나는 곳곳한 나뭇가지를 골라 띠를 째서 줄을 메워 훌륭한 활을 만들었다. 그리고 좀 탄탄한 갈대로 화살을 삼아 무사(武士)의 마음을 먹고 달을 쏘다.

윤동주

尹東柱. 1917~1945. 일제강점기의 저항(항일)시인이자 독립운동가. 아명은 해환(海煥). 해처럼 빛나라는 뜻이다. 동생인 윤일주의 아명은 환(達煥)이다. 갓난아기 때 세상을 떠난 동생은 '별환'이다.

윤동주는 만주 북간도의 명동촌에서 태어났으며, 기독교인인 할아버지의 영향을 받았다. 1931년(14세)에 명동소학교를 졸업하고, 한때 중국인 관립학교인 대랍자 학교를 다니다 가족이 용정으로 이사하자 용정에 있는 은진중학교에 입학하였다. 1935년에 평양의 숭실중학교로 전학하였으나, 학교에 신사참배 문제가 발생하여 폐쇄당하고 말았다. 다시 용정에 있는 광명학원의 중학부로 편입하여 거기서 졸업하였다.

1941년에는 서울의 연희전문학교 문과를 졸업하고, 일본으로 건너가 도쿄에 있는 릿교대학 영문과에 입학하였다가, 다시 1942년, 도시샤 대학 영문과로 옮겼다. 학업 도중 귀향하려던 시점에 항일운동을 했다는 혐의로 일본 경찰에 체포되어(1943. 7), 2년형을 선고받고 후쿠오카 형무소에서 복역하였다. 그러나 복역 중 건강이 악화되어 1945년 2월에 생을 마감하고 말았다. 유해는 그의 고향 용정에 묻혔다. 한편, 그의 죽음에 관해서는 옥중에서 정체를 알 수 없는 주사를 정기적으로 맞은 결과이며, 이는 일제의 생체실험의 일환이었다는 주장도 제기되고 있다.

15세 때부터 시를 쓰기 시작하여 첫 작품으로 〈삶과 죽음〉〈초한대〉를 썼다. 발표 작품으로는 만주의 연길에서 발간된 《가톨릭 소년》지에 실린 동시 〈병아리〉(1936. 11) 〈빗자루〉(1936. 12) 〈오줌싸개 지도〉(1937. 1) 〈무얼 먹구사나〉(1937. 3) 〈거짓부리〉(1937. 10) 등이 있다. 연희전문학교 시절 작품으로는 《조선일보》에 발표한 산문 〈달을 쏘다〉, 교지 《문우》지에 게재된 〈자화상〉〈새로운 길〉이 있다. 그리고 그의 유작인 〈쉽게 쓰여진 시〉가 사후에 《경향신문》에 게재되기도 하였다(1946).

그의 절정기에 쓰인 작품들을 1941년 연희전문학교를 졸업하던 해에 《하늘과 바람과 별과 시》라는 제목으로 발간하려 하였으나 뜻을 이루지 못했다. 그의 자필 유작 3부와 다른 작품들을 모아 친구 정병욱과 동생 윤일주가, 사후에 그의 뜻대로 1948년, 《하늘과 바람과 별과 시》라는 제목으로 출간했다.

29년의 짧은 생애를 살았지만 특유의 감수성과 삶에 대한 고뇌, 독립에 대한 소망이 서려 있는 작품들로 인해 대한민국 문학사에 길이 남은 전설적인 문인이다. 2017년 12월 30일, 탄생 100주년을 맞이했다.

백석

白石. 1912~1996. 일제 강점기와 조선민주주의인민공화국의 시인이자 소설가, 번역문학가이다. 본명은 백기행(白虁行)이며 본관은 수원(水原)이다. '白石(백석)'과 '白奭(백석)'

이라는 아호(雅號)가 있었으나, 작품에서는 거의 '白石(백석)'을 쓰고 있다.

평안북도 정주(定州) 출신. 오산고등보통학교를 마친 후, 일본에서 1934년 아오야마학원 전문부 영어사범과를 졸업하였다. 부친 백용삼과 모친 이봉우 사이의 3남 1녀 중 장남으로 출생했다. 부친은 우리나라 사진계의 초기인물로 《조선일보》의 사진반장을 지냈다. 모친 이봉우는 단양군수를 역임한 이양실의 딸로 소문에 의하면 기생 내지는 무당의 딸로 알려져 백석의 혼사에 결정적인 지장을 줄 정도로 당시로서는 심한 천대를 받던 천출의 소생으로 알려져 있다.

1930년 《조선일보》 신년현상문예에 1등으로 당선된 단편소설 〈그 모(母)와 아들〉로 등단했고, 몇 편의 산문과 번역소설을 내며 작가와 번역가로서 활동했다. 실제로는 시작(詩作) 활동에 주력했으며, 1936년 1월 20일에는 그간 《조선일보》와 《조광(朝光)》에 발표한 7편의 시에, 새로 26편의 시를 더해 시집 《사슴》을 자비로 100권 출간했다. 이 무렵 기생 김진향을 만나 사랑에 빠졌고 이때 그녀에게 '자야(子夜)'라는 아호를 지어주었다. 이후 1948년 《학풍(學風)》 창간호(10월호)에 〈남신의주 유동 박시봉방(南新義州 柳洞 朴時逢方)〉을 내놓기까지 60여 편의 시를 여러 잡지와 신문, 시선집 등에 발표했으나, 분단 이후 북한에서의 활동은 정확히 알려진 것이 없다.

백석은 자신이 태어난 마을과 마을 사람들 그리고 주변 자연을 대상으로 시를 썼다. 작품에는 평안도 방언을 비롯하여 여러 지방의 사투리와 고어를 사용했으며 소박한 생활 모습과 철학적 단면이 시에 잘 드러나 있다. 그의 시는 한민족의 공동체적 친근성에 기반을 두었고 작품의 도처에는 고향의 부재에 대한 상실감이 담겨져 있다.

정지용

鄭芝溶. 1902~1950. 대한민국의 대표적 서정 시인이다. 충청북도 옥천군 옥천면 하계리에서 한의사인 정태국과 정미하 사이에서 맏아들로 태어났다. 연못의 용이 하늘로 올라가는 태몽을 꾸었다고 하여 아명은 지룡(池龍)이라고 하였다. 당시 풍습에 따라 열두 살에 송재숙(宋在淑)과 결혼했으며, 1914년 아버지의 영향으로 로마 가톨릭에 입문하여 '방지거(方濟各, 프란치스코)'라는 세례명을 받았다. 정지용은 섬세하고 독특한 언어를 구사하며, 생생하고 선명한 대상 묘사에 특유의 빛을 발하는 시인이다. 한국현대시의 신경지를 열었다는 평가를 받고 있으며, 이상을 비롯하여 조지훈, 박목월 등과 같은 청록파 시인들을 등장시키기도 했다. 그는 휘문고보 재학 시절 〈서광〉 창간호에 소설 〈삼인〉을 발표하였으며, 일본 유학시절에는 대표작이 된 〈향수〉를 썼다. 1930년에 시문학 동인으로 본격적인 문단활동을 했고, 구인회를 결성하고, 문장지의 추천위원으로도 활동했다. 해방 이후에는 《경향신문》의 주간으로 일하며 대학에도 출강했는데, 이화여대에서는 라틴어와 한국어를, 서울대에서는 시경을 강의했다. 1950년 한국전쟁이 일어난 뒤에는 김기림, 박영희 등과 함께 서대문형무소에 수용되었다가, 이후 납북되었다가 사망하였다. 사망 장소와 시기는 정확히 확인되지 않았는데, 1953년 평양에서 사망했다고 알려져 있다.

주요 저서로는 《정지용 시집》《백록담》《지용문학독본》등이 있다. 그의 고향 충북 옥천에서는 매년 5월에 지용제를 개최하고 있으며, 1989년부터는 시와 시학사에서 정지용문학상을 제정하여 매년 시상하고 있다.

김영랑

金永郎. 1903~1950. 시인. 본관은 김해(金海). 본명은 김윤식(金允植). 영랑은 아호인데 《시문학(詩文學)》에 작품을 발표하면서부터 사용하기 시작하였다. 초기 시는 1935년 박용철에 의하여 발간된 《영랑시집》 초판의 수록시편들이 해당되는데, 여기서는 자연에 대한 깊은 애정이나 인생 태도에 있어서의 역정(逆情)·회의 같은 것은 찾아볼 수 없다. '슬픔'이나 '눈물'의 용어가 수없이 반복되면서 그 비애의식은 영탄이나 감상에 기울지 않고, '마음'의 내부로 향해져 정감의 극치를 이루고 있다. 그의 초기 시는 같은 시문학동인인 정지용 시의 감각적 기교와 더불어 그 시대 한국 순수시의 극치를 보여주고 있다. 그러나 1940년을 전후하여 민족항일기 말기에 발표된 〈거문고〉〈독(毒)을 차고〉〈망각(忘却)〉〈묘비명(墓碑銘)〉 등 일련의 후기 시에서는 형태가 변했을 뿐 아니라 인생에 대한 깊은 회의와 '죽음'의 의식이 나타나 있다.

박인환

朴寅煥. 1926~1956. 강원도 인제군 인제면 상동리에서 출생했다. 평양 의학 전문학교를 다니다가 8·15 광복을 맞으면서 학업을 중단, 종로 2가 낙원동 입구에 서점 마리서사를 개업했다. 한국전쟁이 일어나자, 9·28 수복 때까지 지하생활을 하다가 가족과 함께 대구로 피난, 부산에서 종군기자로 활동했다. 조선청년문학가협회 시부가 주최한 '예술의 밤'에 참여하여 시 〈단층(斷層)〉을 낭독하고, 이를 예술의 밤 낭독시집인 〈순수시선〉(1946)에 발표함으로써 등단했다. 〈거리〉〈남풍〉〈지하실〉 등을 발표하는 한편 〈아메리카 영화시론〉을 비롯한 많은 영화평을 썼고, 1949년엔 김경린, 김수영 등과 함께 5인 합동시집 《새로운 도시와 시민들의 합창》을 발간하여 본격적인 모더니즘의 기수로 주목받기 시작했다. 1955년 《박인환 선시집》을 간행하였고 그 다음 해인 1956년에 31세의 나이에 심장마비로 자택에서 별세하였다. 혼란한 정국과 전쟁 중에도, 총 173편의 작품을 남기고 타계한 박인환은, 암울한 시대의 절망과 실존적 허무를 대변했으며, 그가 사망한 지 20년 후인 1976년에 시집 《목마와 숙녀》가 간행되었다.

박용철

朴龍喆. 1904~1938. 시인. 문학평론가. 번역가. 전라남도 광산(지금의 광주광역시 광산구) 출신. 아호는 용아(龍兒). 배재고등보통학교를 거쳐 일본에서 수학하였다. 일본 유학 중 김영랑을 만나 1930년 《시문학》을 함께 창간하며 문학에 입문했다. 〈떠나가는 배〉 등 식민지의 설움을 드러낸 시로 이름을 알렸으나, 정작 그는 이데올로기나 모더니즘은 지양하고 대립하여 순수문학이라는 흐름을 이끌었다. 〈밤기차에 그대를 보내고〉〈싸늘한 이

마〉·〈비 내리는 날〉 등의 순수시를 발표하며 초기에는 시작 활동을 많이 했으나, 후에는 주로 극예술연구회의 회원으로 활동하면서 해외 시와 희곡을 번역하고 평론을 발표하는 활동을 하였다. 1938년 결핵으로 요절하여 생전에 자신의 작품집은 내지 못하였다.

이장희

李章熙. 1900~1929. 시인. 본명은 이양희(李樑熙), 아호는 고월(古月). 대구 출신. 1920년에 이장희(李樟熙)로 개명하였으나 필명으로 장희(章熙)를 사용한 것이 본명처럼 되었다. 문단의 교우 관계는 양주동·유엽·김영진·오상순·백기만·이상화 등 극히 제한되어 있었다. 세속적인 것을 싫어하여 고독하게 살다가 1929년 11월 대구 자택에서 음독 자살하였다. 이장희의 전 시편에 나타난 시적 특색은 섬세한 감각과 시각적 이미지, 그리고 계절의 변화에 따른 시적 소재의 선택에 있다. 대표작 〈봄은 고양이로다〉는 다분히 보들레르와 같은 발상법을 바탕으로 하고 있는데 '고양이'라는 한 사물이 예리한 감각으로 조형되어 생생한 감각미를 보이고 있다. 이 시는 작자의 순수지각(純粹知覺)에서 포착된 대상인 고양이를 통해서 봄이 주는 감각을 집약적으로 표현하고 있다. 1920년대 초반의 시단은 퇴폐주의·낭만주의·자연주의·상징주의 등 서구 문예사조에 온통 휩싸여 퇴폐성이나 감상성이 지나치게 노출되어 있었음에도 불구하고, 그의 시는 섬세한 감각과 이미지의 조형성을 보여주고 있다. 바로 뒤를 이어 활동한 정지용(鄭芝溶)과 함께 한국시사에서 새로운 시적 경지를 개척하였다.

이상화

李相和. 1901~1943. 시인. 본관은 경주(慶州). 호는 무량(無量)·상화(尙火, 想華)·백아(白啞). 경상북도 대구 출신. 7세에 아버지를 잃고, 14세까지 가정 사숙에서 큰아버지 이일우(李一雨)의 훈도를 받으며 수학하였다. 18세에 경성중앙학교(지금의 중앙중·고등학교) 3년을 수료하고 강원도 금강산 일대를 방랑하였다. 1917년 대구에서 현진건(玄鎭健)·백기만·이상백(李相佰)과 《거화(炬火)》를 프린트판으로 내면서 시작 활동을 시작하였다. 21세에는 현진건의 소개로 박종화(朴鍾和)를 만나 홍사용(洪思容)·나도향(羅稻香)·박영희(朴英熙) 등과 함께 '백조(白潮)' 동인이 되어 본격적인 문단 활동을 시작하였다. 그의 후기 작품 경향은 철저한 회의와 좌절의 경향을 보여주는데 그 대표적 작품으로는 〈역천(逆天)〉(시원, 1935)·〈서러운 해조〉(문장, 1941) 등이 있다. 문학사적으로 평가하면, 어떤 외부적 금제로도 억누를 수 없는 개인의 존엄성과 자연적 충동(情)의 가치를 역설한 이광수(李光洙)의 논리의 연장선상에 놓인 '백조파' 동인의 한 사람이다. 동시에 그 한계를 뛰어넘은 시인으로, 방자한 낭만과 미숙성과 사회개혁과 일제에 대한 저항과 우월감에 가득한 계몽주의와 로맨틱한 혁명사상을 노래하고, 쓰고, 외쳤던 문학사적 의의를 보여주고 있다.

윤곤강

尹崑崗, 1911~1949. 충청남도 서산 출생의 시인이다. 본명은 붕원(朋遠). 1933년 일본 센슈 대학을 졸업했으며, 1934년 《시학(詩學)》 동인의 한 사람으로 문단에 등장했다. 초기에는 카프(KAPF)파의 한 사람으로 시를 썼으나 곧 암흑과 불안, 절망을 노래하는 퇴폐적 시풍을 띠게 되었고 풍자적인 시를 썼다. 그의 시는 초기에 하기하라 사쿠타로오와 보들레르의 영향을 받았고, 해방후에는 전통적 정서에 대한 애착과 탐구로 기울어지기 시작하였다. 시집으로 《빙하》 《동물시집》 《살어리》 《만가》 등이 있고, 시론집으로 《시와 진실》이 있다.

장정심

張貞心. 1898~1947. 시인. 1927년경부터 시작을 시작하여 많은 작품을 신문과 잡지에 발표했다. 기독교에서 운영하는 잡지 《청년(靑年)》에 발표하면서부터 등단했다. 독실한 신앙심을 바탕으로 한 맑고 고운 서정성의 종교 시를 씀으로써 선구자적 소임을 다한 여류시인으로 높이 평가되고 있다.

이용악

李庸岳. 1914~1971. 시인. 함경북도 경성 출생. 고향에서 보통학교를 졸업한 후 1936년 일본 조치 대학(上智大學) 신문학과에서 수학했다. 1935년 3월 〈패배자의 소원〉을 처음으로 〈신인문학〉에 발표하면서 작품활동을 시작하였으며 같은 해 〈애소유언(哀訴遺言)〉 〈너는 왜 울고 있느냐〉 〈임금원의 오후〉 〈북국의 가을〉 등을 발표하는 등 왕성하게 창작활동을 했으며, 《인문평론(人文評論)》지의 기자로 근무하기도 했다. 1937년 첫번째 시집 《분수령》을 발간하였고, 이듬해 두번째 시집 《낡은 집》을 도쿄에서 간행하였다. 그는 초기 소년시절의 가혹한 체험, 고향, 노동, 끊임없는 가난, 고달픈 생활인으로서의 고통 등 자신의 체험을 뛰어난 서정시로 읊었다. 이러한 개인적 체험을 일제 치하 유민(遺民)의 참담한 삶과 궁핍한 현실로 확대시킨 점에 이용악의 특징이 있다. 1946년 광복 후 조선문학가동맹의 시 분과 위원으로 활동하면서 《중앙신문》 기자로 생활하였다. 이 시기에 시집 《오랑캐꽃》을 발간하였다.

라이너 마리아 릴케

Rainer Maria Rilke. 1874~1926. 독일의 시인. 보헤미아 프라하 출생. 로댕의 비서였던 것이 그의 예술에 큰 영향을 주었다. 아명(兒名)은 르네(René)이다. 1886~1890년까지 아버지의 뜻을 좇아 징크트 텐의 육군실과학교를 마치고 메리시 바이스키르헨의 육군 고등실과학교에 적을 두었으나, 시인적 소질이 풍부한데다가 병약한 릴케에게는 군사학교의 생활은 정신적으로나 육체적으로나 견디기 힘들었다. 1891년에 신병을 이유로 중퇴한 후, 20세 때인 1895년 프라하대학 문학부에 입학하여 문학수업을 하였고, 뮌헨으로 옮겨 간 이듬해인 1897년 루 안드레아스 살로메를 알게 되어 깊은 영향을 받았는데,

1899년과 1900년 2회에 걸쳐서 루 안드레아스 살로메와 함께 러시아를 여행한 것이 시인으로서 릴케의 새로운 출발을 촉진하였고, 그의 진면목을 떨치게 한 계기가 되었다. 1900년 8월 말 두 번째 러시아 여행에서 돌아온 뒤, 독일 보르프스베데로 화가 친구를 찾아갔다가 거기서 여류조각가 C. 베스토프를 알게 되었고, 이듬해 두 사람은 결혼했다. 1902년 8월 파리로 가서 조각가 로댕의 비서가 되어 한집에 기거하면서 로댕 예술의 진수를 접한 것은 릴케의 예술에 커다란 영향을 주었다. 제1차세계대전 후 어느 문학단체의 초청을 받아 스위스로 갔다가 그대로 거기서 영주하였다. 만년에는 세르 근처의 산중에 있는 뮈조트의 성관(城館)에서 고독한 생활을 했다. 《두이노의 비가(Duineser Elegien)》나 《오르페우스에게 부치는 소네트(Sonnette an Orpheus)》 같은 대작이 여기에서 만들어졌다. 1926년 가을의 어느 날 그를 찾아온 이집트의 여자 친구를 위하여 장미꽃을 꺾다가 가시에 찔린 것이 화근이 되어 패혈증으로 고생하다가 그 해 12월 29일 51세를 일기로 생애를 마쳤다.

마쓰오 바쇼

松尾芭蕉. 1644~1694. 하이쿠의 완성자이며 하이쿠의 성인, 방랑미학의 창시자로 불린다. 마쓰오 바쇼는 에도 시대 전기에 해당하는 1644년 일본 남동부 교토 부근의 이가우에노에서 하급 무사 겸 농부의 아들로 태어났다. 본명은 마쓰오 무네후사이고, 어렸을 때 이름은 긴사쿠였다. 아버지가 일찍 세상을 뜨자 곤궁한 살림으로 인해 바쇼는 열아홉 살에 지역의 권세 있는 무사 집에 들어가 그 집 아들 요시타다를 시봉하며 지냈다. 두 살 연상인 요시타다는 하이쿠에 취미가 있어서 교토의 하이쿠 지도자 기타무라 기긴에게 사사하는 중이었다. 친동생처럼 요시타다의 총애를 받은 바쇼도 이것이 인연이 되어 하이쿠의 세계를 접하고 기긴의 가르침을 받게 되었다. 언어유희에 치우친 기존의 하이쿠에서 탈피해 문학적인 하이쿠를 갈망하던 이들이 바쇼에게서 진정한 하이쿠 시인의 모습을 발견했고, 산푸·기카쿠·란세쓰·보쿠세키·란란 등 수십 명의 뛰어난 젊은 시인들이 바쇼의 문하생으로 모임으로써 에도의 하이쿠 문단은 일대 전기를 맞이했다. 부유한 문하생들의 후원으로 문학적으로나 경제적으로나 안정된 생활도 보장되었다. 서른일곱 살에 '옹'이라는 경칭을 들을 정도로 하이쿠 지도자로서 성공적인 삶을 누렸으나 37세에 모든 지위와 명예를 내려놓고 작은 오두막에 은둔생활을 하고 방랑생활을 하다 길 위에서 생을 마감했다.

가가노 지요니

加賀千代尼. 1703~1775. 여성 시인. 원래 이름은 '지요조(千代女)'이나 불교에 귀의했기 때문에 '지요니'라고 불린다. 나팔꽃 하이쿠로 친숙하다. 바쇼의 제자 시코가 어린 지요니의 재능을 발견하고 문단에 소개함으로써 이름이 알려졌다.

다카하마 교시

高浜虛子. 1874~1959. 하이쿠 시인. 소설가. 에히메현 마츠야마시 출신. 본명 기요시. 교시는 마사오카 시키(正岡子規)로부터 받은 호. 시키의 영향으로 언문일치의 사생문을 썼으며, 소세키에게 자극을 받아 사생문체로 된 소설을 쓰기 시작해 여유파의 대표적 작가로 유명해졌다. 메이지 40년대(1907)부터 소설에 주력하여 하이쿠 활동이 일시적으로 중단된 적이 있다. 1911년 4~5월에 조선을 유람하고, 7월에 《조선》을 신문에 연재한 후 1912년 2월에 단행본으로 간행했다. 1937년 예술원 회원. 1940년 일본하이쿠작가협회 회장. 1954년 문화훈장 수장. 1959년 4월 8일 85세를 일기로 사망. 대표적인 소설로 《풍류참법風流懺法》(1907), 《배해사俳諧師》(1908), 《조선》(1912), 《감 두 개》(1915) 등이 있다.

사이교

西行. 1118 ~ 1190. 헤이안시대의 승려 시인이며 와카 작가(歌人)이다. 속명은 사토 노리키요(佐藤義淸). 무사의 신분을 버리고 승려가 되어 일본을 노래했다. 사이교의 아버지는 북면무사였던 사에몬노조(左衛門尉)·사토 야스키요(佐藤康淸), 어머니는 겐모쓰(監物)·미나모토노 기요쓰네(源淸經)의 딸이다. 후지와라노 요리나가(藤原賴長)의 일기인 《다이키(台記)》에는 "선조 대대로 용사(勇士)"라고 적고 있다. 그의 가문은 무사 집안으로 사이교 역시 천황이 거처하는 곳(황거)의 북면을 호위하는 무사였다. 하지만 그는 1140년에 돌연 출가하여 불법 수행과 더불어 일본의 전통 시가인 와카 수련에 힘썼다. 각지를 돌아다니며 많은 와카를 남겼는데, 《신고금와카집(新古今和歌集)》에는 그의 작품 94편이 실려 있다. 승려로서 은둔하게 된 뒤 사이교는 구라마 산 등, 히가시야마와 사가 근교에 초막을 짓고 살며, 전에 일한 적 있는 다이켄몬인의 뇨보들과도 교류하였고, 요시노와 구마노, 무쓰, 사누키 등 일본 곳곳을 돌며 불도를 수행하거나 우타마쿠라(歌枕)를 찾기도 하고, 때로 와카를 지었다.

이케니시 곤스이

池西言水. 1650~1722. 에도 시대 시대 중기의 하이쿠 시인. 마쓰오 바쇼와 교유하였고, 교토에서 활약했다. 당시 그는 시대의 새로운 바람을 추구하는 급진적 하이쿠 시인이었다. '초겨울 찬바람 끝은 있었다, 바다소리'의 유행으로 '고가라시 곤스이(木枯しの言水)'로 불렸다는 일화는 유명하다.

빈센트 반 고흐

Vincent Van Gogh. 1853~1890. 네덜란드 출신으로 프랑스에서 활약한 화가. 서양 미술사상 가장 위대한 화가 중 한 사람이다. 고흐의 작품 전부(900여 점의 그림들과 1,100여 점의 습작들)는 정신질환을 앓고 자살을 감행하기 전, 10년의 기간 동안 창작한 것들이다. 그는 살아 있는 동안에는 거의 성공을 거두지 못하고 사후에 비로소 명성을 얻었는데, 특히 1901년 3월 17일 (그가 죽은 지 11년 후) 파리에서 71점의 그림이 전시된 이후 그의 이름은 급속도로 높아졌다.

빈센트 반 고흐는 프로트 즌델트에서 출생했다. 목사의 아들로 태어나, 1869~1876년 화상 구필의 조수로 헤이그, 런던, 파리에서 일하고 이어서 영국에서 학교교사, 벨기에 이 보리나주 탄광에서 전도사의 일을 보고, 1880년 화가로 그림을 그리기 시작했다. 그때까지 짝사랑에 그친 몇 번의 연애를 경험했다. 1885년까지 주로 부친의 재임지인 누넨에서 제작활동을 했다. 당시의 대표작으로는《감자를 먹는 사람들》(1885)이 있다. 16살에는 삼촌의 권유로 헤이그에 있는 구필 화랑에서 일하기 시작했다. 그의 네 살 아래 동생이자 빈센트가 평생의 우애로 아꼈던 테오도 나중에 그 회사에 들어왔다. 이 우애는 그들이 서로 주고받았던 엄청난 편지 모음에 충분히 기록되어 있다. 이 편지들은 보존되어 오다가 1914년에 출판되었다. 그 편지들에는 고흐가 예민한 마음의 재능 있는 작가라는 것과 더불어 무명화가로서의 고단한 삶에 대한 슬픔도 묘사되어 있다. 테오는 빈센트의 삶을 통틀어서 경제적으로 지원해 주었다.

네덜란드 시절 고흐의 그림은 어두운 색채로 비참한 주제가 특징이었으나, 1886~1888년 파리에서 인상파 · 신인상파의 영향을 받았고, 1888년 봄 아를에 가서, 이상할 정도로 꼼꼼한 필촉(筆觸)과 타는 듯한 색채로 고흐 특유의 화풍을 전개시킨다. 1888년 가을, 아를에서 고갱과의 공동생활 중 병의 발작에 의해서 자기의 왼쪽 귀를 자르는 사건을 일으켜 정신병원에 입원했고, 생 레미에 머물던 시절에 입퇴원 생활을 되풀이했다. 1890년 봄 파리 근교의 오베르 쉬르 우아즈에 정착하여 열정적으로 작품 활동을 계속했다. 그러나 1890년 7월 27일, 빈센트 반 고흐는 들판으로 걸어나간 뒤 자신의 가슴에 총을 쏘았다. 바로 죽지는 않았지만 치명적인 총상이었으므로, 비틀거리며 집으로 돌아간 후, 심하게 앓고 난 이틀 뒤, 동생 테오가 바라보는 앞에서 37세의 나이로 숨을 거뒀다. 주요 작품으로는《해바라기》《아를의 침실》《닥터 가셰의 초상》 등이 있다.

0-1
Dr. Paul Gachet(Portrait of Dr. Gachet) 1890

0-2
Paul Gauguin's Armchair 1888

1-1
The Starry Night(De sterrennacht) 1889

1-2
Starry Night Over the Rhone(Nuit Étoilée sur le Rhône)
1888

2
Self Portrait with Bandaged Ear
1889

3
Avenue of Poplars at Sunset 1884

4
Evening - The Watch(after Millet) 1889

5-1
Ditch 1884

5-2
Wheatfield with Crows 1890

6
Wheatfields under Thunderclouds 1890

7
Cafe Terrace, Place du Forum, Arles 1888

8-1
Two Women in the Woods 1882

8-2
Woman in the 'Cafe Tambourin' 1887

9
Road with Cypresses 1890

10
Peasant Woman with a Child in Her Lap 1885

11
White House at Night 1890

12
Entrance to a Quarry near Saint Remy 1889

13
Wheat Field in Rain 1889

14
Landscape with Couple Walking and Crescent Moon 1890

15
Peasant Burning Weeds 1883

16
Autumn Landscape 1885

17
Factories Seen from a Hillside in Moonlight 1887

18
The Man is at Sea (after Demont-Breton)
1889

19
The Alpilles with Olive Trees in the Foreground 1889

20-1
The Walk – Falling Leaves 1889

20-2
Red Vineyards at Arles 1888

21
The Fields 1890

22
Wooden Sheds 1889

23
Wheat Field with Cypresses at the Haude Galline near Eygalieres 1889

24
Window in the Bataille Restaurant 1887

25
Vincent's Bedroom in Arles 1889

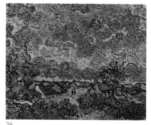

26
Cottages and Cypresses Reminiscence of the North 1890

27-1
Portrait of Camille Roulin 1888

27-2
The Church at Auvers 1890

28
Fishing boats on the Beach at Les Saintes-Maries-de-la-Mer 1888

29-1
Two Cypresses 1889

29-2
L'Arlesienne, Portrait of Madame Ginoux 1888

30
Exterior of a Restaurant at Asnieres 1887

31-1
Houses with Thatched Roofs, Cordeville 1890

31-2
Belvedere Overlooking Montmartre 1886

열두 개의 달 시화집
十月.
달은 내려와 꿈꾸고 있네

초판 1쇄 발행 2018년 10월 15일
초판 5쇄 발행 2023년 4월 20일

지은이 윤동주 외 16명
그린이 빈센트 반 고흐
발행인 정수동
발행처 저녁달

출판등록 2017년 1월 17일 제406-2017-000009호
주소 경기도 파주시 문발로 142 니은빌딩 304호
전화 02-599-0625
팩스 02-6442-4625
이메일 book@mongsangso.com
인스타그램 @moon5990625
ISBN 979-11-963243-9-1   02810

값 9,800원

이 도서의 국립중앙도서관 출판예정도서목록(CIP)은 서지정보유통지원시스템 홈페이지
(http://seoji.nl.go.kr)와 국가자료종합목록시스템(http://www.nl.go.kr/kolisnet)에서
이용하실 수 있습니다. . (CIP제어번호 : CIP2018012819)